U0638790

记住乡愁

——留给孩子们的中国民俗文化

刘魁立◎主编

第六辑 口头传统辑（二）

白蛇传

本辑主编 杨利慧

祝鹏程◎著

黑龙江少年儿童出版社

编委会

序

亲爱的小读者们，身为中国人，你们了解中华民族的民俗文化吗？如果有所了解的话，你们又了解多少呢？

或许，你们认为熟知那些过去的事情是大人们的事，我们小孩儿不容易弄懂，也没必要弄懂那些事情。

其实，传统民俗文化的内涵极为丰富，它既不神秘也不深奥，与每个人的关系十分密切，它随时随地围绕在我们身边，贯穿于整个人生的每一天。

中华民族有很多传统节日，每逢节日都有一些传统民俗文化活动，比如端午节吃粽子，听大人们讲屈原为国为民愤投汨罗江的故事；八月中秋望着圆圆的明月，遐想嫦娥奔月、吴刚伐桂的传说，等等。

我国是一个统一的多民族国家，有 56 个民族，每个民族都有丰富多彩的文化和风俗习惯，这些不同民族的民俗文化共同构筑了中国民俗文化。或许你们听说过藏族长篇史诗《格萨尔王传》

中格萨尔王的英雄气概、蒙古族智慧的化身——巴拉根仓的机智与诙谐、维吾尔族世界闻名的智者——阿凡提的睿智与幽默、壮族歌仙刘三姐的聪慧机敏与歌如泉涌……如果这些你们都有所了解，那就说明你们已经走进了中华民族传统民俗文化的王国。

你们也许看过京剧、木偶戏、皮影戏，看过踩高跷、耍龙灯，欣赏过威风锣鼓，这些都是我们中华民族为世界贡献的艺术珍品。你们或许也欣赏过中国古琴演奏，那是中华文化中的瑰宝。1977年9月5日美国发射的"旅行者1号"探测器上所载的向外太空传达人类声音的金光盘上面，就录制了我国古琴大师管平湖演奏的中国古琴名曲——《流水》。

北京天安门东西两侧设有太庙和社稷坛，那是旧时皇帝举行仪式祭祀祖先和祭祀谷神及土地的地方。另外，在北京城的南北东西四个方位建有天坛、地坛、日坛和月坛，这些地方曾经是皇帝率领百官祭拜天、地、日、月的神圣场所。这些仪式活动说明，我们中国人自古就认为自己是自然的组成部分，因而崇信自然、融入自然，与自然和谐相处。

如今民间仍保存的奉祀关公和妈祖的习俗，则体现了中国人崇尚仁义礼智信、进行自我道德教育的意愿，表达了祈望平安顺达和扶危救困的诉求。

小读者们，你们养过蚕宝宝吗？原产于中国的蚕，真称得上伟大的小生物。蚕宝宝的一生从芝麻粒儿大小的蚕卵算起，中间经历蚁蚕、蚕宝宝、结茧吐丝等过程，到破茧成蛾结束，总共四十余天，却能为我们贡献约一千米长的蚕丝。我国历史悠久的养蚕、丝绸织绣技术自西汉"丝绸之路"诞生那天起就成为东方文明的传播者和象征，为促进人类文明的发展做出了不可磨灭的贡献！

小读者们，你们到过烧造瓷器的窑口，见过工匠师傅们拉坯、上釉、烧窑吗？中国是瓷器的故乡，我们的陶瓷技艺同样为人类文明的发展做出了巨大贡献！中国的英文国名"China"，就是由英文"china"（瓷器）一词转义而来的。

中国的历法、二十四节气、珠算、中医知识体系，都是中华民族传统文化宝库中的珍品。

让我们深感骄傲的中国传统民俗文化博大精深、丰富多彩，课本中的内容是难以囊括的。每向这个领域多迈进一步，你们对历史的认知、对人生的感悟、对生活的热爱与奋斗就会更进一分。

作为中国人，无论你身在何处，那与生俱来的充满民族文化DNA 的血液将伴随你的一生，乡音难改，乡情难忘，乡愁恒久。这是你的根，这是你的魂，这种民族文化的传统体现在你身上，是你身份的标识，也是我们作为中国人彼此认同的依据，它作为一种凝聚的力量，把我们整个中华民族大家庭紧紧地联系在一起。

《记住乡愁——留给孩子们的中国民俗文化》丛书，为小读者们全面介绍了传统民俗文化的丰富内容：包括民间史诗传说故事、传统民间节日、民间信仰、礼仪习俗、民间游戏、中国古代建筑技艺、民间手工艺……

各辑的主编、各册的作者，都是相关领域的专家。他们以适合儿童的文笔，选配大量图片，简约精当地介绍每一个专题，希望小读者们读来兴趣盎然、收获颇丰。

在你们阅读的过程中，也许你们的长辈会向你们说起他们曾经的往事，讲讲他们的"乡愁"。那时，你们也许会觉得生活充满了意趣。希望这套丛书能使你们更加珍爱中国的传统民俗文化，让你们为生为中国人而自豪，长大后为中华民族的伟大复兴做出自己的贡献！

亲爱的小读者们，祝你们健康快乐！

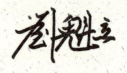

二〇一七年十二月

目 录

千古流传《白蛇传》……………… 1

《白蛇传》中的角色……………… 29

《白蛇传》中的民俗文化………… 43

《白蛇传》与人文景观…………… 55

千古流传《白蛇传》

千古流传《白蛇传》

一、家喻户晓《白蛇传》

《白蛇传》这个动人的故事在中国广阔的大地上，传播了一代又一代，在茶余饭后被人们讲述着、传唱着。它和《孟姜女千里寻夫》《梁山伯与祝英台》《牛郎织女》并称为我国四大民间传说。

相信小朋友们都听爷爷奶奶们讲过关于白娘子和许仙的爱情传奇，或者在电视上看过相关题材的电视剧。这是一个多美的故事呀，烟雨江南、西湖、油纸伞、白面书生、如花美眷、千年爱情……这本书为大家讲述了这个流传千年的传说。

让我们先来领略这个故事的魅力吧：

传说南宋的时候，峨

首日封 F. D. C.

被印成首日封的《白蛇传》故事

邮政编码：

眉山里有一条修行千年的白蛇，有一天她化为人形，并给自己取名叫白素贞，带着青蛇小青来到杭州西湖边。这天，正好是清明节，天气很好，到处是桃红柳绿，莺歌燕舞。靠近西湖断桥这一带游人很多。白娘子和小青来到湖边闲逛，忽然遇上了暴雨。

这时候，西湖上驶来一艘画船，船头站着一个后生，他生得眉清目秀，老成厚道。白娘子心生欢喜，便在岸上喊道："坐船的后生，请让我们搭个便船吧！"后生见两个姑娘站在岸边，被雨淋得像落汤鸡，就叫船老大靠岸，让她们上了船。

她俩一上船，就向后生道谢。小青问后生叫什么名字。后生说："我叫许

| 越剧《白蛇传》|

仙。自从父母去世之后，我单身一人，寄住在清波门姐姐家里。"小青听了，拍着巴掌笑道："这可巧了！姐姐和你一样，也是个无依无靠、到处飘零的人呢！这样说来，你们俩倒是天生一对啊！"许仙闻言红了脸，白娘子也低下了头。两人嘴里虽不说，心里却非常欢喜。

没过几天，两个人便成了亲。许仙从姐姐家里搬了出来，开始自立门户过日子。小夫妻商量了一下，就带着小青搬到了江苏镇江，开了一家叫"保和堂"的药店。白娘子负责开处方，许仙负责撮药，两人定下规矩，要是遇上贫病交加的人，就免费施药，不取分文。此消息一传十，十传百就传开来了，生病来讨药的，病好来道谢的，每天从早到晚，人来人往。保和堂药店很快就在镇江无人不知。

　　端午节那天，家家户户门前挂起菖蒲艾叶，地上洒遍雄黄药酒；金山下边的长江上，还要赛龙船，岸上人山人海，非常热闹。吃午饭时，餐桌上除了粽子，还有雄黄酒。白娘子是白蛇化身，不能喝雄黄酒。许仙不知道，一个劲儿地劝白娘子饮酒。白娘子只好大着胆子、硬着头皮喝了一口。哪知道酒刚进肚，便马上发作起来。她只觉头疼脑涨，浑身瘫软，只好去床上休息。许仙弄不清是怎么回事，便赶到床前，撩起帐子一看，只见床上盘着一条白蛇，吓得他大叫一声："啊呀！"向后一仰，一头栽倒在地上。

　　许久，白娘子恢复人身，见许仙死了，就大哭起来。她摸摸许仙的心口，感觉还有一丝热气，忽然想到，虽

石刻作品《白蛇传》

然凡间的药草救不活许仙，但是去昆仑山盗回能让人起死回生的灵芝仙草，许仙兴许还有救。于是，她便驾着一朵白云，飘出窗户，向昆仑山飞去。

只一刻工夫，白娘子就飞到了昆仑山。昆仑山满山都是仙树仙花。几棵能起死回生的灵芝仙草在山顶上闪闪发光。白娘子悄悄地采一棵衔在嘴里，正想驾着白云飞走，忽然看守灵芝仙草的白鹤从天边飞来。它见白娘子盗取灵芝仙草，哪里肯放过，便展开翅膀，伸出长长的嘴要啄白娘子，白娘子一边护着灵芝仙草，一边拼命抵抗。白娘子不是白鹤的对手，渐渐力不能支。就在这时，她眼前出现一个老人，原来是南极仙翁。她就哭着

向南极仙翁央求道："老仙翁，老仙翁，给我一棵灵芝仙草，救救我的丈夫吧！"南极仙翁将了将白花花的胡须，点了点头答应了。白娘子谢过南极仙翁，衔着灵芝仙草，急忙驾起白云飞回了家。她把灵芝仙草熬成药汁，灌进许仙嘴里。过一会儿，

白娘子盗仙草
（出自《绣像义妖全传》）

白蛇

许仙就活过来了。

在西天有一只乌龟，躲在如来佛的莲座底下听佛祖讲经。乌龟听了几年，也学会了一些法术，趁佛祖讲经休息时，便偷了他的三样宝贝——金钵、袈裟和青龙禅杖，变成一个又黑又胖的和尚，还给自己取名为法海，溜到了凡间。

一天，法海来到镇江金山寺，看见长江波澜壮阔，金山气势雄伟，便在寺里住了下来。有一次，法海走到保和堂药店门前，朝里面一看，只见一个穿着白色衣衫的俊俏媳妇。呀！原来这不是凡人，而是白蛇变的哩！法海和尚狠狠地咬了咬牙，管起别人家的闲事来。他抽了个空，见许仙独自出门，就上前拦住他，说："施主，你店里生意兴隆，给我化个缘吧。"许仙问他化什么缘。法海说："农历七月十五日金山寺要做盂兰盆会，请你结个善缘，到时候来烧炷香，求菩萨保佑你多福多寿，四季平安。"

这时候，白娘子已经怀孕了。于是，农历七月十五日，许仙就一个人来到了金山寺。他刚跨进山门，就被法海一把拉到禅房里。法海对许仙说："施主呀，你来得正好，今天我如实告诉你：你妻子是个妖精！"许仙一听生气了，说道："我娘子好端端的人，怎么会是妖精！你不要乱说。"法海一听许仙不信，就不管三七二十一，把他关了起来。

白娘子在家里等许仙，左等等不来，右等等不来，再也等不下去的她便和小青去金山寺寻找许仙。法海和尚见了白娘子，就嘿嘿一阵冷笑，说道："大胆蛇妖，竟敢迷惑凡人！如今许仙已拜我做师父了。要知道'苦海无边，回头是岸'。老僧慈悲为怀，放你一条生路，趁早回去！"

白娘子忍住心头之火，好声好气地央求道："你做你的和尚，我开我的药店，井水不犯河水，你何苦硬要和我做对头呢？求你放我官

火柴盒上的《白蛇传》

| 火柴盒上的《白蛇传》 |

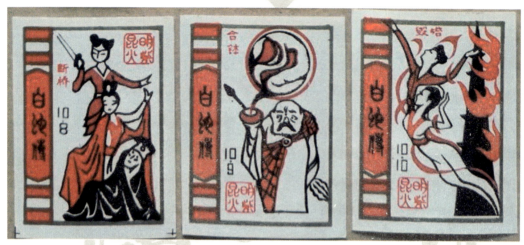

人回家吧！"法海哪里听得进去。白娘子见央求无用，只得和法海打了起来，小青也来助战。白娘子见自己和小青无力招架，又请来河里的虾兵蟹将，准备水漫金山。

法海一看，不得了，自己的老窝都要被淹了！慌忙脱下身上的袈裟，往寺门外一遮，忽地一道金光闪过，袈裟变成一堵长堤，把滔天大水拦在门外。白娘子眼看着水被挡在寺外，马上要淹

到百姓的农田了，只得叫小青收了法术。她们没有办法，只能回到西湖继续修炼，等待机会报仇。

许仙被关在金山寺里，天天被法海逼着出家，但他死活也不肯剃掉头发做和尚。半个月后，许仙终于找着个机会，逃了出来。他回到保和堂药店，发现这里早已人去屋空，只好伤心地收拾东西回到了杭州。

许仙来到西湖断桥边，

想起自己和白娘子明明是一对恩爱夫妻，却活活被法海拆散，心里越想越难受，泪珠扑簌簌地滚落下来，顿着脚叫喊道："娘子呀娘子，我到哪里去找你呀！"白娘子和小青正在西湖底下修炼，隐约听得湖上有人叫喊，侧耳一听，原来是许仙。她俩从湖底下钻上来寻许仙。夫妻俩在断桥相会了。他们情不自禁地抱在一起，谈起别后情形，一会儿笑一会儿哭，真是又难过又高兴。

两人在杭州过了一段安稳的日子，其间，白娘子生下了一个男孩。可是，好景不长，孩子刚满月，法海又追来了。

法海一见到白娘子就拿出一个金钵，将白娘子罩住。只见白娘子的身体在金钵下面渐渐缩小……最后，变成了一条白蛇，被法海和尚收进金钵里去了。许仙扑过去要跟法海和尚拼命，白娘子在金钵里面喊道："官人珍重，官人珍重！你还要好好抚养孩子呀！"法海和尚收

芭蕾舞剧的
《白蛇传》

了白蛇，在南屏净慈寺前的雷峰顶上造了一座雷峰塔，把白蛇镇压在塔下，自己便在净慈寺里住下来看守。

许仙没有办法，只好一个人把儿子许仕林抚养长大。儿子长大以后，饱读诗书，考上了状元。小青则在逃脱以后，跑到深山里继续修炼，修炼有成以后又回到了金山，与法海决斗。这次决斗，小青战胜了法海，落败的法海无处可逃，只好跑到螃蟹的肚子里藏起来。螃蟹把肚脐一缩，法海就被关在里面了。考中状元的许仕林回到西湖边扫塔祭母，将母亲救出，白娘子与许仙重逢，这个曾经破碎的家庭终于团聚了。

自明清以来，一直到现当代，关于《白蛇传》的传说不仅在民间口头流传，也被各种通俗文学改编，白娘子与许仙的爱情故事家喻户晓。如今，我们可以在传说、

| 年画《许仕林祭塔》|

故事、歌谣、小说、话本、戏曲、曲艺、民歌，以及电影、电视、动漫、话剧、舞蹈、连环画、雕塑、皮影戏、木偶戏等艺术形式中看到各种各样的《白蛇传》。这个故事不仅在全国流传，还影响到日本、朝鲜、越南等许多国家。

在流传的过程中，《白蛇传》形成了很多经典的桥段，比如"白蛇许仙游湖借伞""开药铺夫唱妇随""端午节饮雄黄酒现原形""白娘子盗仙草""战法海水漫金山寺""断桥会夫妻弃前嫌""许仕林中状元雷峰塔探母""白素贞出塔全家团圆"等。

当然，因为《白蛇传》的故事以口头相传为主，在不同的讲述里，也有一些差异，产生了许多不同的版本。比如，许仙的名字，有的故事里叫"许宣"，许仙的儿子有的地方叫"许仕林"，有的地方则叫"许士麟"。再比如，有的故事以白蛇被镇在雷峰塔下的悲剧收场，有的则以全家团圆的喜剧结尾。有的故事说白娘子最后是被儿子许仕林救出来的；有的故事讲是小青最后打败了法海，劈碎雷峰塔，救出了白娘子；还有的则说是白娘子在雷峰塔下长年吃斋念佛，消尽了今生的罪恶，最后法海受了佛祖的提点，将她放出了雷峰塔，这才夫妻团圆。总之，各种各样的结尾恰恰说明了《白蛇传》的丰富多样和广泛的影响力。

二、一个关于爱情的传奇

任何一个故事都是有生

青城山屋檐上的白蛇和许仙

命力的，《白蛇传》也不例外。从产生到我们现在看到的这个样子，这个故事经历了漫长的演变。

我们的祖先很早以前就有对蛇的崇拜了，神话传说中的女娲、伏羲这些神灵，都是长着人的脑袋、蛇的身子。在古代中国关于博物学的百科全书——《山海经》里，也有很多关于奇异的蛇怪、蛇精的记录，甚至已经出现了关于"白蛇"的记载，《山海经》中说："有北三百里，曰神囷（qūn）之山，其上有文石，其下白蛇，有飞虫。"翻译成白话文就是："再往北三百里，有座神囷山，山上的石头带有花纹，山下有白蛇，还有飞虫。"当然，《山海经》中只是简单地提到了"白蛇"的名字。

在唐代的传奇故事《李黄》里，才真正出现了白蛇变人，与人发生情感的故事。这个故事是这样说的：

甘肃陇西有一个人叫李黄，是盐铁使李逊的侄儿。

闲暇之际，他来到当时的首都长安——也就是现在的陕西西安。有一天，他偶遇一辆牛车，只见车里坐着一个穿着白衣服的绝世美人。李黄便向别人打听，得知这位美人刚死了丈夫不久。李黄很高兴，千方百计讨好这个女子，不但拿出钱来给她买各种好看的衣物，还答应帮她还清家里欠下的债。后来，他终于获得了女子的芳心。李黄在女子家一住就是三天，喝酒玩乐，快乐到了极点。第四天，李黄觉得应该回家去看看，就告别女子备马回家。来接他的仆人只觉得李黄的身上有一股特殊的腥臊气味。到家后，家人问他去到什么地方了，李黄用话应付过去了。晚上，李黄觉得身子发沉，脑袋也晕晕

的，让人拿来被子倒头便睡，谁和他说话都不理，家里人觉得奇怪，就揭开他的被子，发现他的身子早就化成了一摊水。家里的人非常害怕，叫来仆人询问。仆人把事情经过全说了。于是大家一起去寻找那女子所住的地方，发现是一座空园子，有一棵皂荚树，树上挂着、树下堆着的就是李黄给白衣女子的钱。询问住在那个地方附近的人，他们说常看见有一条

年画线描稿《白蛇传》

泥塑作品《白蛇传》

巨大的白蛇在树下。

　　这篇传奇的末尾还附上另一个类似的故事，说官员子弟李琯和一个白衣女子交往，回家后脑袋开裂而死。家人去他前日留宿的地方查看，只见一株枯槐树中有大蛇盘曲的痕迹。于是砍开这株树，看到几条小白蛇，人们把这些蛇都杀死了。这两个故事已经有了《白蛇传》中人妖恋爱的影子，但与《白蛇传》不同的是，这两个故事只是为了说明妖怪会害人，男性千万不要被色欲所迷惑的道理。故事讲述得非常恐怖，故事里的白蛇完全是反面的形象，它凶狠、贪婪、毫无人性，对于帮助他的人恩将仇报。

宋代有一篇小说叫《西湖三塔记》，讲的仍然是蛇精害人的故事。故事中说，临安府（也就是现在的杭州）有一个官员子弟叫奚宣赞，他在清明节时到西湖游玩，遇到了迷路的女孩卯奴。奚宣赞便将她送回了家。多日后，奚宣赞应约去卯奴家拜访，发现卯奴的母亲是一个白衣娘子，家里还有一个婆婆。宣赞被白衣娘子留在家中，不到半月，白衣娘子喜新厌旧，要杀奚宣赞，卯奴救下了他。奚宣赞回家后搬家避祸，没想到第二年清的明节，白衣女子找到了他，并将他抓了回去，白衣女子阴险恶毒，想取食奚宣赞的心肝，还好卯奴再一次救了他。最后奚宣赞找到了他的叔叔——道士奚真人，奚真

人作法将妖怪抓获，妖怪现形后，他发现婆婆、卯奴、白衣女子分别是水獭（tǎ）、乌鸦、白蛇精所变。奚真人造了三座石塔，把三个怪物镇压在了西湖里，这就是我们今天在西湖里看到的三座石塔，它们共同构成了"三潭印月"的景观。

这篇小说里的白衣娘子仍然是一个人性十分淡薄，美丽的外表下隐藏着狠毒的心肠，丝毫没有人类的思想感情，心狠手辣的蛇妖形象，同后世流传的《白蛇传》中的白娘子形象有很大的不同。但是和《李黄》相比，这个故事离我们后来看到的《白蛇传》又近了一步。我们看到，男主人公的名字叫"奚宣赞"，这个名字和后来我们熟知的"许仙"发音已经很接近，而且奚宣赞是临安人，他胆小怕事、任人摆布，和许仙的形象已经非常相似。另外，白衣娘子是白蛇所变，还有同被镇压在西湖塔下的同伴，这个故事开启了后来的白蛇故事的

1954 年出版的越剧《白蛇传》唱本

先声。

南宋时有一位文学家叫洪迈，他写了一部专门记载各种奇异事情的著作——《夷坚志》。这部书里又出现了白蛇故事，故事的名字叫《孙知县妻》。故事说：

江苏丹阳县有一个知县姓孙，娶了当地一家人最小的姑娘为妻。孙知县的妻子最喜欢化梅花妆，在身上用梅花点缀自己。但是她每次洗澡时，都不让人伺候，知县觉得很奇怪，好几次问妻子这是为什么，她都笑而不答。一晃儿十年过去了，有一次，孙知县实在忍不住，就趁机偷看妻子洗澡，想不到竟看到一条大白蛇盘在浴盆中。吓得他赶快奔回书房，妻子跑来对他说："郎君郎君，你知道我为什么洗澡

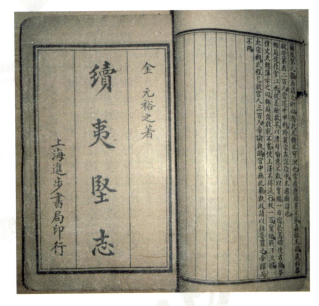

的时候不让人伺候了吧？我瞒着你，确实是我错了，但你偷看也不对呀。你放心，我不会伤害你，请你别疑忌我，快和我回房间吧。"孙知县又惊又怕，没办法只好和妻子回了房间。此后，尽管夫妻俩表面看起来感情如初，但孙知县由于内心很害怕，不久就去世了。

尽管故事里的人物没有

名字，但主要的情节却非常像《白蛇传》里白娘子端午饮雄黄酒，不慎现出原形，吓死许仙的情节。我们有理由推断，这个故事是当时流传在民间的白蛇传说，而且

| 雷峰塔 |

这个故事里的白蛇已经不再是邪恶的美女蛇，而是带有几分人情、几分人性，已经不再像之前那两个故事那么可怕了。

到了明朝时期，著名小说家冯梦龙在《警世通言》中整理了一个非常著名的白蛇故事——《白娘子永镇雷峰塔》。故事里的白娘子是结过婚的，小青是一条大青鱼。男主角叫"许宣"，在江南方言里，"许宣"和"许仙"的发音是一样的。

故事里是这么说的：

杭州有一个药商叫许宣，在西湖的渡船上偶遇一个少妇带着一个丫鬟搭船，少妇自称姓白，曾经嫁给一个姓张的男人，后来丈夫死了。不久下起雨来，许宣把伞借给了白娘子，后来许宣

上门要伞时，被白娘子勾引成婚。后来，白娘子给许宣弄来了很多财物，但这些财物都是她用妖法从官府偷来的，许宣在使用这些财物的时候被官府发现，被捕入狱。最后，高僧法海看出白娘子是蛇精，并告知了许宣真相，许宣惊恐万分，要法海收他做徒弟，最终在法海的帮助下收服了白娘子和小青，原来她们一个是蛇精，一个是青鱼精。

冯梦龙的这个白蛇故事，并不是为了歌颂人们对爱情的大胆追求。故事的主题依然是讲蛇精害人，强调人妖不能相恋，红颜总是祸水，为人不可好色。故事里还出现了法海和尚这个人物。在这个故事里，法海是一个正面人物，他急公好义，救人于水火之中，是一个不折不扣的高僧形象。

除此之外，故事里的情感成分正在增加。我们看到，白娘子越来越像人了，她不仅貌美，而且忠于爱情，她真诚地爱着许宣。但她的行为举止仍然保存了相当多的动物性，为了丈夫她可以去偷盗官府的财物，完全不顾社会的道德与法律，许宣则是一个没用又倒霉的男人，贪图美色又没有一技之长，两人在一起必定是一个悲剧。

从这些故事中，我们可以发现，最早传播的这些白蛇传说，根本就不是什么爱情传说，只是一个除妖的故事。

可是，到了清朝，情况发生了转变。清朝乾隆年间，出现了方成培撰写的戏

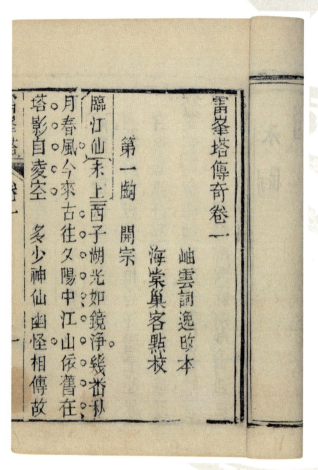

雷峰塔傳奇卷一

第一齣　開宗

岫雲詞逸改本

海棠巢客點校

臨江仙束上西子湖光如鏡淨殘畫秋

月春風兮來古往又陽中江山依舊在

塔影自凌空

多少神仙幽怪相傳故

《雷峰塔传奇》
书影

故事。小青也由青鱼变成了青蛇，她的形象也逐渐丰满起来，看似泼辣刚强，实际上善解人意，为姐姐和许仙的爱情做出了很大的牺牲，成为这部文学作品中经典的配角形象。

更重要的是，作者非常同情白娘子，让白娘子有了复杂的人性。戏曲中第一次出现了白娘子怀孕的情节，这一情节的设置不仅强调了她和许宣的真挚爱情，更说明这个"蛇妖"和人类并没有什么不同，她不仅没有任何害人之意，还具有和人类一样的情感与身体，能够孕育人的后代。这个情节的设置把白娘子身上的妖气完全抹掉了，把她塑造成了一个平凡的人、一个贤妻良母。

另外，作者还为白娘子

曲《雷峰塔传奇》。在这部戏曲中，故事情节已经大大丰富了，整个故事的框架已经固定下来，出现了《端阳》《求草》《水斗》《断桥》《合钵》等后来人人皆知的设置了"三窃"与"二求"的情节。"三窃"是窃官银给许宣、窃太师府的"八宝明珠巾"、窃数十担商人刘成的檀香，这些情节的设置是为了描绘白娘子作为"妖怪"的一面，同时也是为了引出法海收妖。"二求"则是去南极仙翁处求"九死还魂长生仙草"和"去金山寺求法海放出许宣"。这两个情节是作者新增加的，从这里我们就能看到白娘子身上的"人性"了。

比如，白蛇为了救许宣，和守护仙草的鹤童、鹿仙翁、东方仙翁、叶仙翁等人大战三百回合，最后体力透支，败下阵来。被捉的白娘子第一反应不是为自己求饶，而是为了救许宣的性命：

"列位大仙在上，非奴敢犯仙山，只为临安许宣大难临身，为此特到宝山拜求仙草。望大发慈悲，乞赐些须，救其一命。"

从这些朴素而深情的话里，我们能够感受到白娘子对许宣的爱。

这部戏曲的另一个亮点，是它不再以白娘子被压在雷峰塔下的悲剧收场，最后，白娘子的儿子许仕林（戏曲里叫许士麟）考中状元，到雷峰塔前扫塔祭母，感动了上天，佛祖命令法海将白娘子放出。

后来，又有一个叫"玉山主人"的作者在民间流传的话本与戏曲唱本的基础上重新修改，写了一部小说《雷峰塔奇传》，描写的是白蛇在西湖遇到书生许仙，因爱结合。后来金山寺的和尚法

23

海知道了这件事后百般阻挠，并与白蛇青蛇多次斗法，法海最终将白蛇收服压在塔下，许仙则在金山寺出家，法名"道宗"。后来，他的儿子考取状元，回乡祭祖并救出母亲。白娘子和许仙升天成仙。整个故事文笔一般，并不是很精彩。不过，在这部作品中，"许仙"的名字给予被定了下来，不再叫"许宣"了。

这两个故事虚构了很多

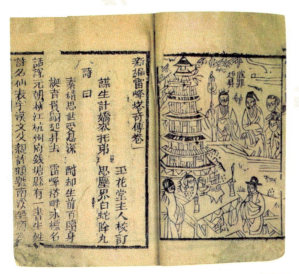

情节，"盗仙草""水漫金山"等情节后来被电视剧照搬了。白娘子开始成了正面人物，已经由单纯迷惑人的妖怪变成了有情有义的女性，而法海反而成为破坏白许婚姻的罪魁祸首。两个故事都以"大团圆"结束，听着有点儿"俗气"，但反映了绝大多数老百姓的心声。

正是因为说出了老百姓的心声，塑造了一个有胆有识、有情有义的白娘子形象，使得这些故事迅速成为老百姓街头巷尾、茶余饭后的最爱。后来的很多民间故事、文学作品都沿着这个思路发展下去，比如清朝末年出现的苏州弹词《义妖传》，继承前人曲艺说唱，将人情味与神话性完美结合，大大丰富和发展了这个家喻户晓的民间传说。昆曲、京剧、川剧对《白蛇传》也是这样演绎的。还有 20 世纪 50 年代的日本动画片《白蛇传》、70 年代林青霞主演的电影《真白蛇传》、90 年代的台湾电视剧《新白娘子传奇》、徐克执导的香港电影《青蛇》、新世纪以来的电视剧《白蛇传说》《又见白娘子》等，都是在歌颂白娘子与许仙的爱情。

如今，人们心中的天平早已倾向白娘子一边。民国时期，著名思想家、文学家鲁迅在《论雷峰塔的倒掉》里讲道：

我的祖母曾经常常对我说，白蛇娘娘就被压在这塔底下！有个叫做许仙的人救了两条蛇，一青一白，后来白蛇便化作女人来报恩，嫁

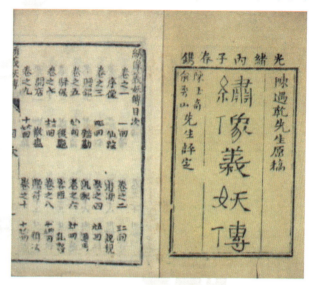

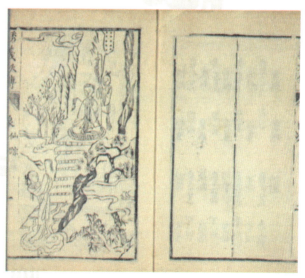

给许仙了；青蛇化作丫鬟，也跟着。一个和尚，法海禅

雷峰夕照

中国的蛇信仰源远流长，传说的"北方之神"玄武就是蛇与龟相结合的形象。这是湖北武当山的鎏金玄武铜像

师，得道的禅师，看见许仙脸上有妖气，——凡讨妖怪作老婆的人，脸上就有妖气的，但只有非凡的人才看得出——便将他藏在金山寺的法座后，白蛇娘娘来寻夫，于是就"水漫金山"。我的祖母讲起来还要有趣得多，大约是出于一部弹词叫作《义妖传》里的，但我没有看过这部书，所以也不知道"许仙""法海"究竟是否这样写。总而言之，白蛇娘娘终于中了法海的计策，被装在一个小小的钵盂里了。钵盂埋在地里，上面还造起一座镇压的塔来，这就是雷峰塔。此后似乎事情还很多，如"白状元祭塔"之类，但我现在都忘记了。

那时我惟一的希望，就在这雷峰塔的倒掉。……

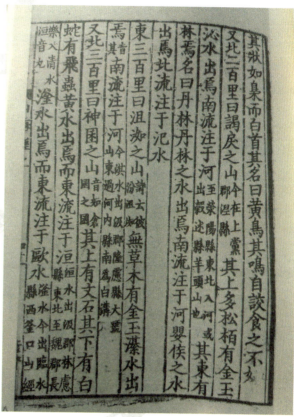

这是有事实可证的。试到吴越的山间海滨，探听民意去。凡有田夫野老，蚕妇村氓，除了几个脑髓里有点贵恙的之外，可有谁不为白娘娘抱不平，不怪法海太多事的？

看来，鲁迅先生小时候也是听着祖母讲述《白蛇传》的故事长大的。他听到白蛇被压在雷峰塔下，也会对好人受到欺负暗自感到不平。

《白蛇传》故事在中国民间传说和文学创作中播种、萌芽、抽叶、开花，经过千年的发展，结出了丰硕的果实。从《白蛇传》的逐步形成和演变中，我们可以看出民间老百姓的喜好：对美满姻缘、美好爱情的追求，是可以超越陈旧观念的。白素贞与许仙的爱情不是有违常理的错误，而是突破身份限定、自由恋爱的典范。

《白蛇传》中的角色

|《白蛇传》中的角色|

一、有情有义白娘子

《白蛇传》故事的演变过程也是白蛇形象一步步离"妖"越远，离"人"越近，从"妖"蜕变成"人"的过程。我们没必要去争论哪个才是"真实"的白娘子形象，因为它们都反映了老百姓丰富的想象力和对美好生活的追求。到最后，重情重义的白蛇成了人们喜爱的对象，而除妖降魔、以正义自居的法海和尚却成为大家厌恶的人物。

白素贞的性格是非常鲜明的。她美丽动人，能让游湖的许仙一见倾心，她贤惠勤劳，有持家立业的才干。

在家庭幸福面前，她毅然放弃了修仙，一心一意帮助许

传统戏曲中白娘子的扮相

仙经营药铺，共创事业。许仙一个弱书生，寄住在姐姐家里，手不能提，肩不能挑，既没有什么积蓄，也没有什么长处。多亏了这位贤内助，他才能在结婚不多久，就从一个小学徒成为镇江一带有名的医生。

更重要的是，白娘子忠于爱情。她虽然是蛇，但已经有了人的感情，会积极主动追求并维护自己的爱情。

为了自己所爱的许仙，她可以赴汤蹈火，明明知道寡不敌众，也不惜冒着被杀死的危险，去偷昆仑山的灵芝仙草；为了许仙，她一改温柔善良的性格，与法海大战一场，不惜水漫金山。如果不是爱许仙已经深入骨髓，她是不可能奋不顾身地去救他的。这些足以体现她对许仙的爱有多么刻骨铭心，让世人对她的遭遇愤愤不平的同

|京剧《白蛇传》|

时，又对她产生一丝的怜惜。白蛇的形象是完美的，白娘子对爱情的付出和伟大的牺牲精神告诉我们：爱情是永恒的，它不以历史和时代的变迁而改变，也不因恋爱双方的身份而改变，任何力量都掩盖不了人性的光芒。

《白蛇传》有很多种版本，有一种说法是许仙前世与白蛇有缘，许仙的前世是一个牧童，救过一条白蛇，这条白蛇就是白娘子。修行千年之后，白娘子为了报救命之恩，才嫁给许仙的。"知恩图报"是中华民族的传统美德，这个道理当然是对的。但这个说法把白娘子对许仙的爱，变成了一种功利性的回报，淡化了爱情自身的力量。我们宁可相信，白娘子没有受过许仙前世的恩情，

白娘子喝了雄黄酒，吓死了许仙 选自民国时期的《新编雷峰塔奇传》

在她看到许仙的第一眼，就把持不住自己，爱上他了。

二、可爱的配角小青

红花也需绿叶配，如果说白娘子是红花，那小青就是绿叶，她虽然在戏剧中看起来好像只是白娘子的陪衬，但和《西厢记》里的红娘一样，她美丽可爱、大胆泼辣、爱憎分明、忠心不二，是中国文学史上最成功的配角之一。

在《白蛇传》的故事中，

小青起到了非常关键的推动作用。她顽皮可爱，有一种小女孩的狡黠与率直坦然，虽是妖精，却心地善良，白娘子刚遇到许仙时，小青就在二人中间穿针引线，撮合两个人在一起。他们结婚后，小青还在继续默默奉献，照顾着姐姐和姐夫，为他们端茶倒水，洗衣做饭，帮助他们排忧解难。在白娘子被关进雷峰塔时，她忍辱负重，苦苦修炼，发誓报仇雪恨，救出姐姐。最后，小青终于打败法海，使姐姐与家人团聚，足以证明她是一个重情重义、无私忘我的好姐妹。小青还是一个敢于直言直语、疾恶如仇的性情中人，她一发现许仙对爱情有动摇与退缩，就站出来和姐夫辩论是非。在断桥重逢的时候，她甚至要杀了被法海蒙蔽的许仙。

小青这个敢爱敢恨、善良单纯的配角受到了人们的喜爱和关注。香港女作家李碧华还专门为她写了一部小说——《青蛇》，这部作品反客为主，以小青为主人公，

泥塑《白蛇和青蛇》

从小青的视角出发，用小青单纯的眼睛来打量这个复杂多彩的世界。《青蛇》对小青原来的形象作了一番大改造，小青不再是原著里一心一意为白娘子打算的姑娘，她有了自己的喜怒哀乐。她忍受不住爱情的诱惑，爱上了姐夫许仙，爱情让她迷茫无措。最后她看清了许仙懦弱的本质，离开了许仙。20世纪90年代，香港导演徐克将这部小说拍成了电影，邀请著名演员张曼玉出演青蛇，王祖贤出演白蛇，吴兴国出演许仙，功夫影星赵文卓出演法海，上演了一出荡气回肠、多彩多姿的爱情传奇。

三、懦弱与善良的许仙

看《白蛇传》的时候，人们常常会疑惑：许仙到底

|断桥借伞|

爱不爱白娘子？如果爱，为何白娘子一现出原形，许仙就不顾一日夫妻百日恩求救于法海？如果不爱，他为何又会在断桥悔悟痛哭，觉得自己对不起白娘子？这是

白娘子和许仙喜结良缘 选自民国时期的《新编雷峰塔奇传》

盛夏西湖

因为，许仙就是一个不断在爱情和恐惧间摇摆的胆小书生。

在冯梦龙的《白娘子永镇雷峰塔》中，许仙是一个斯文柔弱、满脸书生气、遇事没有主见的负心汉。他最早遇到白娘子时，被对方的美貌吸引，迅速落入了白娘子设计的圈套里。他耳朵根子软，法海告诉许仙和他同床共枕的女子是一个蛇妖，他在恐惧中听信了谗言。以致当他得知妻子是蛇妖后，就远远地离开了白娘子，却一次又一次地被痴情的白娘子找了回来。在这个过程中，许仙的懦弱、摇摆不定等缺点展现得一览无余。

在后来很多改编的影视剧中，许仙的懦弱仍然被保留下来。20世纪90年代，台湾拍摄《新白娘子传奇》的时候，导演便启用女演员叶童来演许仙，因为许仙的性格很懦弱，男演员就算再怎么演，总还是有阳刚的一面，找女演员来演，反倒把懦弱、胆怯、犹豫、没有主见的许仙演得入木三分，最大限度地发掘了许仙的弱点。他懦弱无能，总是帮倒忙，让白娘子受尽了委屈。他在端午节被吓死，白娘子

为了救活他不惜上天入地，他却不知好歹，因恐惧白娘子是蛇妖，而死活不肯回人间，更因此口出恶言，让白娘子伤透了心。

但在流传过程中，民众逐渐丰富了许仙的形象，在很多文艺作品里，他身上的优点变得越来越多。比如在《新白娘子传奇》里，许

《游湖借伞》

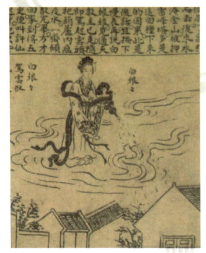

仙一表人才，彬彬有礼，重视爱情。他在西湖看见小青和白娘子淋雨，就主动邀请她们上船躲雨。许仙从小父母双亡，寄居在姐姐、姐夫家，本身也只是一个药铺的学徒，经济状况可以说是很困难。但他从不掩饰自己的出身，结婚前就对白娘子坦诚相告："我是一个无用的男人，我许仙何德何能能娶娘子为妻？我除了爱你，什么都给不了你。"在金山寺，许仙看到了金钵里白娘子的原形，却依然维护自家娘子，在断桥重逢后，更是下跪向白娘子表示忏悔，丝毫不在意白娘子是妖怪。最后，法海把白娘子抓走、镇压在雷峰塔下，他竭尽全力去救白娘子，发现自己无能为力的时候，只能以泪洗面。

这就是许仙，在为爱无私付出、勇敢追求个人幸福的白娘子的反衬下，他是一个迂腐、善良、胆小、重感情的典型的古代穷书生形象。

四、蟹和尚法海

法海到底是一个好人，还是一个坏人？这个问题恐怕是一言难尽的。

法海很固执，他不近人情，坚定地认为人和妖不能通婚，使很多人讨厌他。但从他作为高僧的天职来说，他这么做没有错。因为，收妖除魔就是他的工作。在他看来，白素贞既然是蛇妖，就应该好好修炼，一心向善，哪知道这妖怪贪恋红尘，在人间谈起了恋爱。在法海看来，这就有危害人类、打乱人间秩序的危险，应该受到惩罚。法海为了完成这个任

连环画《白蛇传》法海收服白娘子的章节

务，不惜代价，付出一切努力，他根本不在乎世人如何评判他。从这一点来说，法海倒是一个忠于职守、铁面无私的人。

但从情感上说，法海是一个破坏别人家庭的凶手。

白娘子与法海斗法 选自民国石印本连环画《白蛇传》

人家恩恩爱爱、幸福美满地生活着，白娘子不但没有危及人类的生命，还通过开药铺造福人间，你却要硬生生把别人拆散，这不是多管闲事吗？正是因为这样，人们都不喜欢法海。

很多人喜欢吃螃蟹，不知道大家有没有听过蟹和尚的故事？在一些传说里，螃蟹里的"蟹和尚"就是当年的法海和尚变成的。

话说白娘子被法海压在雷峰塔下后，杭州和苏州一带的老百姓纷纷为白娘子打抱不平，消息传到了玉皇大帝那里，他派太白金星下凡查办。太白金星于是率领一群天兵天将，浩浩荡荡地前来捉拿法海。法海听到消息后，知道大事不妙，三十六计走为上计，溜走了。

法海逃到阳澄湖边时，发现自己已经无路可走。情急之中，他看见水滩的石缝间有一只螃蟹，便抓住时机，"刺溜"一下，从蟹壳的缝隙里钻了进去，躲藏在蟹壳里一动也不动。太白金星在天上看得清清楚楚，就对躲藏在蟹壳里的法海说："你这和尚的所作所为天地难容。本该降下天雷把你劈死，看在你修炼不容易的份上，今天放你一条生路。从今以后，你要安分守己，待在蟹壳里好好忏悔！"

躲在蟹壳里的法海心里暗暗叫苦，可是他还有什么别的办法呢？从此，他只能终日坐在蟹壳里忏悔，再也出不来了。原先，螃蟹是直着走路的，自从肚子里钻进了横行霸道的法海和尚后，

就再也不能直走，只好横着走了。

躲在螃蟹里的"法海"

秋高气爽，正是吃螃蟹的好时节。把它买来洗干净，煮到通红之后，随意取一只，揭开背壳来，里面就有诱人的蟹黄。将这些吃完后，背壳里就会露出一个透明的、圆锥形的物件，那是螃蟹的胃，用小刀小心地沿着锥底切下，取出，便能看见一个

和尚模样的东西，有头有脸、身子是坐着的，仿佛是穿着黄色的僧衣，因此人们认为这就是躲在蟹壳里面避难的法海"蟹和尚"。"蟹和尚"脏得很，吃不得。

道德和责任、理智和情感哪个更重要？恐怕我们很难找到一个答案。但不可否认，人世间的许多爱情都是要经受考验的，法海的干扰，是对白蛇和许仙爱情一次又一次地考验。没有法海的存在，许仙和白娘子的爱情故事就不会那么充满波澜、情节曲折。

《白蛇传》中的民俗文化

|《白蛇传》中的民俗文化|

一、人兽恋与异类婚

在民间故事里，有一类专门讲述人与异类婚姻的故事，我们把这类故事叫作"异类婚故事"，也叫作"人兽恋故事"。这里的"兽"泛指一切动物。

中国的民间故事里有很多人兽恋故事，比如我们熟知的《白蛇传》《田螺姑娘》《蛇郎》《柳毅传书》《猿猴抢婚》……在全世界范围内，也有很多这样的故事，比如我们从小就听过的《青蛙王子》《美女与野兽》……

我们知道，人只能与人结婚，人要是与动物结婚，就是违背自然规律和伦理准则的行为。所以，人兽恋的故事往往被人们否定。故事中的动物也因此总是以反面的形象出现，并总是用一种遭人厌恶，或使人感到恐惧

|隋唐时期高昌地区的伏羲女娲像，他们都是人头蛇身|

45

的东西当作其主要形象。这类人兽相恋的故事都有一个共同的特点，那就是故事中的动物变成帅哥或美女，然后去迷惑凡人，想要把这个人吃掉。在《西湖三塔记》《白娘子永镇雷峰塔》等故事里，白娘子被描述成心狠手辣的妖怪，也体现出人们对异类和人结婚的恐惧。

因为人们通常认为异类婚姻往往是没有好结果的，

所以早期的《白蛇传》故事多数以白蛇被收服在雷峰塔下的悲剧收场；在《猿猴抢婚》里，以要抢美女结婚的猿猴被人打死为结尾；在《西游记》里，娶了高小姐的猪八戒最后只能出家当了和尚。

不过，老百姓的想象力是无穷的。他们赋予动物人的形象、思想和美德。这就出现了很多善良的"异类"，比如我们今天看到的白蛇和小青。除此之外，《聊斋志异》里也有很多可爱的狐狸精，比如娇娜、婴宁，她们不仅没有害人，还造福人类、帮助人类。

这其中最具代表性的当属《田螺姑娘》，《田螺姑娘》讲的是这样一个故事：

从前，有一个勤劳的青年，他种地的时候，在水田

民国石印小说
《义妖传》内页

里捡了一只田螺，他将这只田螺放在水缸里养了起来。青年每次劳作回家，都会发现有人为他准备了一桌好饭菜。为了揭开这个秘密，青年偷偷藏了起来，发现原来是那个田螺变成了姑娘为他做饭，做好饭就又回到水缸里变回田螺。姑娘被发现以后，就不能再留下来了，临行前她把螺壳送给了青年，并告诉青年如果用这个来装粮食，就会有吃不完的米，说完就离开了。还有的故事说，青年并没有马上出现揭穿田螺姑娘，而是向人请教，有人告诉他下次往姑娘嘴里塞一团米饭就能抓住她。青年照做，田螺姑娘吃了米饭就再也变不回去了，于是嫁给了青年。

这个故事非常有意思，

古体小说丛刊

新辑搜神后记

新辑搜神记

〔宋〕陶潜撰

〔晋〕干宝撰

中华书局

记载《田螺姑娘》故事的《搜神后记》书影

前面的说法体现了人们对异类的恐惧，后面的说法体现了人们对异类的宽容和对美好爱情的追求。

当然，除了动物是"异类"，妖怪和神仙对于人来说也是"异类"。不仅像《白蛇传》这样的人和兽、人和妖的恋爱会遭到天神的阻止，人和神的结合也会遭到上天的谴责。七仙女就是因为和董永私自结为夫妇，才被玉皇大帝捉回天庭的；牛郎和织女的也是因王母娘娘一道法旨而相隔银河两岸；《宝莲灯》里的三圣母也是因为和凡人恋爱被压在了华山下。

二、清明节：扫墓与游春

白素贞：离却了峨眉到江南，人世间竟有这美丽的

湖山！这一旁保俶塔倒映在波光里面，那一边好楼台紧傍着三潭；苏堤上杨柳丝把船儿轻挽，颤风中桃李花似怯春寒。

小青：姐姐，咱们可来着了！这儿真有意思。瞧，游湖的男男女女都一对儿、一对儿的。

白素贞：是呀。你我姐妹在峨眉修炼之时，洞府高寒，每日白云深锁，闲游冷杉径，闷对桫椤花；于今来到江南，领略这山温水软，叫人好生欢喜。青妹，你来看，那前面就是有名的断桥了。

小青：姐姐，既叫"断桥"，怎么桥又没有断呢？

白素贞：青妹呀！虽然是叫断桥桥何曾断，桥亭上过游人两两三三。似这等好

湖山愁眉尽展，也不枉下峨眉走这一番。呀！一霎时天色变风狂云暗。

小青：姐姐，你看，那旁有一少年男子挟着雨伞走来了，好俊秀的人品哪！

白素贞：在哪里？呀！好一似洛阳道巧遇潘安。

小青：下雨了，走吧，姐姐。

白素贞：走哇！这颗心千百载微漪不泛，却为何今日里陡起狂澜？

许仙：适才扫墓灵隐去，归来风雨忽迷离。百忙中哪有闲情意！

这一段优美的唱词来自京剧《白蛇传》，描绘了清明时节白娘子与小青出游，偶遇许仙扫墓回来，一见钟情的场景。

看到"清明节"这三个字，估计大多数人首先想到的是祭祖和扫墓。慎终追远是中国人的传统美德。早在春秋战国时期，国人就已经形成了墓祭的传统。清明时节天朗气清，是扫墓的好日子，人们全家出动，扶老携幼，带着祭品和香烛，到郊外祖先的墓地去祭奠一番。扫墓的目的大致有两种。第

仇英绘《游春图》

一种是敬拜逝去的祖先，献上祭品，以表达对先人的追念；第二种是修整坟墓，掸去墓碑上的灰尘，除去墓畔的杂草，再在坟上添加几把新土，压几个纸钱，看起来就像是在打扫祖辈的屋子一般。不过，许仙是一个人去的，仔细想想，这个情节设计得非常合理。要是一大家子去，或许还遇不上白娘子呢！

清明节的另一个传统是游春踏青。清明节气温逐步回升，万物开始生长，世间一派春意盎然的景象。阳光明媚、杨柳依依之时，正是郊游踏青的良机。扫墓之余，人们趁着大好的春色亲近自然，在慎终追远的同时，也享用当下的生活。所以，清明节又寄托了人们求新护生的愿望。除了出游踏青以外，清明时节的很多娱乐活动，像插柳、拔河、蹴鞠、放风筝、荡秋千等，都让人有生机勃勃之感。

在春天的繁华景象中，平时养在深闺的大小姐们也出了门，与漫山遍野的杜鹃花争奇斗艳，这可吸引了其他扫墓踏青的年轻男子，他们不仅是为了游览春景，也是为了欣赏这些美丽的姑娘们，所以，清明节往往也是青年男女出门游玩、互相结识的日子。

少年的欢乐被风筝带到高空，少女的笑声荡漾在秋千上，无论男女老少，快乐从内心反映到脸上，心情像风筝一样被放飞得乐不思归，以至于要玩到天黑才回家。白娘子和小青在峨眉山闭关修炼了上千年，在此时下凡出游，怎能不被眼前这生机勃勃的一幕感染呢！

三、端午节与雄黄酒

除了清明节以外，《白蛇传》里还有一个重要的节日——端午节。在有的传说里，许仙在端午节安排了雄黄酒，白娘子推辞不过，喝了下去。还有的传说则说，在端午节前，法海已经告诉许仙白娘子是蛇变的，许仙产生了怀疑，于是才在端午节让妻子喝下雄黄酒，借机会试探妻子。以白娘子的修为，她应当知道这杯酒是有问题的，但为了不让许仙怀疑，还是喝了下去。

一杯雄黄酒，把一切的美好都浇灭了。白蛇现出了原形，许仙被吓死，白娘子救夫心切，不得不去昆仑山盗仙草。

为什么要在端午节喝雄

邮票《端阳现形》《盗草救夫》

传说中，白素贞曾在青城山修炼

黄酒呢？且听慢慢道来。我们现在习惯于端午节是为了纪念屈原，其实，端午节的起源比屈原还要早。这一节日和我们的祖先对农历五月的惧怕息息相关。农历五月正好是白天变长、夜晚变短的月份。盛夏即将来临，随着暑气上升，加上梅雨季节到来，蚊蝇伴随高温湿热滋生，正是各种传染病高发的季节。所以，农历五月是一个蛇虫出没、蚊蝇丛生、疾病流行的月份，在很早以前，民间就有了"恶五月"和"毒五月"的说法。我们的祖先设置端午节，就是为了顺应自然，以谨慎的态度，平稳地度过这个特殊的时节。

古人为了度过"恶月"，发展出了丰富的端午节俗。最常见的方式是躲避，也就是通过静养的方式来追求身心的安宁。《白蛇传》故事发生、流传的江浙一带很早便形成了"躲端午"的习俗，嫁出去的女儿要在端午节时带着孩子回到娘家住几天，以躲避祸患。另外，很多地区还讲究要在孩子的手腕上系上五彩丝线，希望孩子能远离疾病、健康成长。另外一种方式是因势利导，将灾祸远送出去。最典型的就是驾着船只，以象征性的方式，把瘟疫、邪祟顺水送走，这一仪式发展到后来，就成了龙舟竞渡。

| 人们在端午节把菖蒲和艾草挂在门上 |

如果说前面提到的习俗主要体现了民间的信仰，那么，下面的这些习俗则更多地包含了古人的智慧：江南很多地区把菖蒲制作成宝剑，并和艾草一起悬挂在门前、床头。苏东坡有诗："五彩萦筒秫稻香，千门结艾鬓髯张。"这句诗生动刻画了千家万户悬挂艾草的场景。这一行为不但满足了人们驱邪、去病的信仰需求，还产生了杀虫灭菌的功效。此外，在端午节"斗百草"、用草药水洗浴，防止长疮，也成了很多地区的习俗。

《白蛇传》里提到的喝雄黄酒也有很好的杀菌效果。雄黄是硫化物类矿物，又称作石黄、黄金石、鸡冠石，少量食用、涂抹有解毒杀虫、燥湿祛痰的功效，常被人用于治疗疮疥、蛇虫咬伤。端午节的时候，爷爷奶奶们会用手指蘸着雄黄酒，在孩子的脑门儿上画一个"王"字，象征孩子能避开一切毒虫，像老虎一样健健康康长大。

《白蛇传》与人文景观

|《白蛇传》与人文景观|

一、雷峰塔的倒掉与重建

传说故事常常出现"多源"现象，即一个传说可能传播到很多地方。这是因为当地人在讲述这些故事的时候，常把故事发生的背景安在当地。《白蛇传》也不例外。从前面的文字我们已经看到，浙江杭州、江苏镇江是这个传说的重要流传地。如果说镇江是水墨画，那么杭州则是仕女图，这两个充满古典意味的地方成为演绎白蛇故事的舞台。

西湖自古就是温柔乡，平湖秋月风情万种，苏堤春晓缠绵悱恻，雷峰夕照情丝万缕，花港观鱼妩媚动人，想必也只有在这样的地方，才会上演"烟雨同船、借伞定情"的佳话。《白蛇传》故事发生在风景秀丽的西子湖畔，西湖成为许仙和白娘子爱情萌芽的特殊空间。西湖的优美风光与历史文化为许白二人的爱情营造了浪漫的氛围，白蛇故事则使得西湖、断桥、雷峰塔有别于一般的名胜古迹，这个美丽的故事成了西湖吸引游客的主要原因之一。

说起雷峰塔，大家的第一印象就是这个地方镇压着白娘子。其实，它有着悠久的历史与深厚的文化底蕴。

雷峰塔位于浙江杭州西湖风景区岸夕照山的雷峰上，它的建造历史要追溯到一千多年前，当时杭州属于吴越国管辖范围，吴越国虽是一个小国，但在那一段战乱频繁的时期，这个小国却是一个难得太平、安稳的地方。公元975年，吴越国王的妃子生下了一位皇子，为纪念这件喜事，国王在当时杭州城西关外的雷峰上建了一座宝塔，公元977年，这座塔落成。

雷峰塔原先是一座砖石结构的塔，建成后经历了多次重修。在明朝嘉靖年间，倭寇进攻杭州，一把火烧毁了雷峰塔内的木质结构，只留下了砖头做的塔身，远看全塔斑驳深红，就像一个喝醉了的老翁。此后，雷峰塔就别具一种残缺美：夕阳下，满身沧桑的砖塔矗立在西子湖畔，展现出一种难以描述

《水漫金山》

的沧桑感，形成了"雷峰夕照"的景致。它和北边的保俶塔，一南一北，隔湖相对，保俶灵秀，雷峰质朴，因而有"雷峰如老僧，保俶如美人"的说法，西湖上也呈现出"一湖映双塔，南北相对峙"的美景。

后来，民间盛传雷峰塔砖具有辟邪、治病的功效，因而塔砖常常遭到盗挖。久而久之，雷峰塔的结构就变得极不稳定。一座千疮百孔的塔哪里经得起这么折腾？1924年9月25日，年久失修的雷峰塔终于轰然坍塌。虽然雷峰塔倒塌了，但人们没有见到传说中的白蛇冲天而出。我们前面提到的鲁迅先生的《论雷峰塔的倒掉》，就是在这个时期写的。

2002年金秋飒爽，桂

民国时期的雷峰塔

子飘香的时候，金碧辉煌的雷峰新塔在阔别人们78年后，重新立了起来。雷峰新塔建在遗址之上，既是一个新的景观，也是原塔遗址的博物馆和保护罩。新塔高71.679米，由台基、塔身和塔刹三部分组成，其中塔

| 重建后的雷峰塔 |

| 得到妥善保护的雷峰塔塔基 |

身高 49.17 米。新塔保留了旧塔被烧毁之前的楼阁式结构，采用了南宋初年重修时的设计风格。但内部则非常的现代化，塔的中心部位是两座透明的电梯，周围是不锈钢扶梯。新塔底层就是原先古塔的遗址，为防止人为破坏，整个遗址区被玻璃保护起来。塔里还有六块巨大

的木雕，全景式地展示了《白蛇传》的故事。如今，徘徊在雷峰塔下的不再是失意的许仙，而是来自全国各地的游客们，他们登塔远望，将西湖美景尽收眼底。

如果说，老雷峰塔是一座残缺之塔、分离之塔，那么，新雷峰塔就是一座开放之塔、团圆之塔。雷峰塔的重建，不仅使西湖的景色得到了完整的展现，更使《白蛇传》的故事有了寄托。

二、断桥：桥"断"情不断

西湖有十景：苏堤春晓、曲院风荷、平湖秋月、断桥残雪、花港观鱼、南屏晚钟、双峰插云、雷峰夕照、三潭印月、柳浪闻莺。十景当中，当属断桥最有情。因为《白蛇传》的缘故，断桥是西湖

雪中断桥

中最出名的一座桥。它位于杭州北里湖和外西湖的边界上，一端连着北山路，另一端接通白堤。

据说，早在唐朝时期，断桥就已建成。它的名字因何而来？历来有两种说法，一种说西湖边有一座孤山，孤山的路延续到桥边就断了，故名断桥；一种说这桥原叫段家桥，简称段桥，许是人们传言有误，久而久之

就叫断桥了。

西湖的美景，历来有"晴湖不如雨湖，雨湖不如月湖，月湖不如雪湖"的说法，也就是说，西湖的美需要在朦胧之中才能领悟到，雨天的景致要比晴天的风光好看，月夜的景色要比雨天的景致更好，而雪天的氛围则比月夜的景色还要好。西湖最美的雪景就在断桥。

西湖位于江南地区，当地很少下雪，大雪天更是罕见。一旦雨雪霏霏，大地银

装素裹，便会营造出与平时美景完全不同的意境。一场大雪过后，只见湖水晶莹透亮，远山白雪皑皑，近树堆琼砌玉，断桥的一侧已经冰雪消融，而另一侧却还是银装素裹，远远望去，桥身似断非断，积雪似连非连，有一种冷艳的美，"断桥残雪"因此得名。

在《白蛇传》里，白娘子、小青与法海斗法失败，回到了杭州。失意的白娘子看着断桥的湖光山色，回忆起两人在西湖的初次见面，不由得伤心落泪。在越剧《白蛇传》中，白娘子唱道：

西湖山水还依旧，
憔悴难对满眼秋。
山边枫叶红似染，
不堪回首忆旧游。
想那时三月西湖春如绣，

东昌府木版年画《游湖借伞》

│民国时期上海鑫记大舞台京剧《白蛇传》演出海报│

与许郎花前月下结鸾俦。
实指望夫妻恩爱同偕老，
又谁知风雨折花春难留。
许郎他负心恩情薄，
法海与我做对头。
我与青儿金山寻访人不见，
不由我又是心酸又是愁。
难道他已遭法海害，
难道他果真出家将我负。
看断桥未断我寸肠断啊，
一片深情付东流。

这段唱词深情款款，缠绵悲怆，让人无限感伤。

就在白娘子伤心欲绝之时，夫妻俩仿佛心有灵犀一般，又在此邂逅了。疾恶如仇的小青非常生气，认为许仙听信谣言，辜负了姐姐的真心，毫不留情地指责许仙，甚至要拿剑杀了许仙。白素贞虽然伤心欲绝，但是夫妻情重，怎么会下得去手？许仙因此大受感动，诉说前因后果，决心痛改前非。夫妻、姐妹终于重归于好。许仙这才明白了一个道理：俗话说"十年修得同船渡、百年修得共枕眠"，缘分来之不易，千万别等到失去了才知道它的可贵。

关于白娘子与断桥的关系，还有另一个传说。相传，有一天八仙之一的吕洞宾，下凡来到西湖断桥边卖汤圆。当时还是小孩子的许仙买了一颗汤圆吃了下去。这颗汤圆其实是仙丹所化，吃完仙丹以后，许仙三天三夜不想吃东西，家里人急忙抱着他跑去断桥边找吕洞宾。吕洞宾倒提起许仙的双脚，"哗哗哗"抖了三下，许仙就把仙丹吐了出来，仙丹掉进了西湖，被正在湖里修炼的白娘子吞下，白娘子借助仙丹长了五百年的功力，就此与许仙结了缘。当然，这属于我们前面说的"报恩"，削弱了爱情的力量。

桥段情不断，许仙与白娘子的悲欢离合与西湖泛舟、断桥相会、雷峰夕照密不可分，自此，那一泓澄澈

| 年画《水漫金山》|

| 剪纸《水漫金山》|

的湖水、一抹孤寂的断桥、一座斑斓的古塔也就成了人们在诉说这段爱情时不可或缺的一部分。

三、镇江的白蛇传景观

明代的《白娘子永镇雷峰塔》中，曾提到许多个江苏镇江的真实地名和景观，比如针子桥、五条巷、镇江渡口码头、金山寺等。如今，镇江一带还有很多和《白蛇传》故事相关的景观：金山寺、保和堂、白龙洞、法海洞等。

"水漫金山"是《白蛇传》里最扣人心弦的情节。说的是许仙被法海藏起来后，白娘子心急如焚，为了维护自己的爱情和尊严，救出自己的心上人许仙，她被迫与法海斗法，导致水漫金山。

金山寺又名江天禅寺，位于镇江西北长江南岸的金山上，最早建于东晋。如今也是镇江当地著名的佛教圣地。金山寺是一组依山而建的建筑群，山上矗立着大雄宝殿旧址、天王殿、藏经楼、慈寿塔、江天一览亭、留玉阁、观音阁、七峰亭、妙高台、楞阁台等建筑，寺里还塑了白娘子与小青的塑像。各种建筑以曲廊、回檐和石级相连，形成楼上有塔、楼外有阁、阁中有亭的奇特格局，与金山融为一体。这个奇特的建筑就像迷宫一样，难怪许仙当年逃不出去呢！

山上还有法海洞、白龙洞等和《白蛇传》相关的景观。在金山寺西北的山腰上有一个洞，名叫"法海洞"。在镇江的传说里，法海不是一个坏人，他是唐朝宰相裴休之子。他虽出身世家，却对做官没有兴趣，而是一心向佛。法海先是在江西庐山出家，后来到金山修行。但是金山一带没有佛寺供信众参拜，这让他很苦恼。一天，他在菜地松土时，挖出了二十两黄金，他认为这是上天的恩赐，便用这二十两黄金修建了金山寺，并使它成为东南沿海极有影响力的一座著名寺庙。镇江人因此一直纪念着他。如今，法海洞里还有一尊他的塑像呢。

白龙洞在金山西北山脚下的玉带桥边。相传洞里因为有一条白蛇在修炼，所以满是毒气。唐代的高僧灵坦也是一心向佛，他来到金山后，在这洞里打坐参禅，白蛇因为敬拜灵坦，便主动离开了这里，从此，洞里的毒气就没有了。白龙洞就是这样得名的，白龙就是指这条白蛇。至于这条白蛇是不是就是白娘子，那就不好说了。不过，镇江人觉得是。现在洞里还塑有白娘子、小青两座白石像，也算是一个例证。

在镇江的民间传说里，白龙洞深不见底，一直通到西湖。白娘子、小青引东海之水，跟法海一争高下时，关在寺里的许仙看到爱妻奋力征战，心急得不得了。见

《白蛇传》
人物绣像

白龙洞

他那六神无主的样子，看守庙门的小和尚很同情他，就悄悄放走了许仙。据说许仙就是从"白龙洞"钻到杭州西湖找白娘子的。洞旁的石碑上刻着："民间传说由此可通杭州西湖断桥。"如果这个传说是真的，那可是世界上最长的"地道"了，至少得有250千米！

《白蛇传》和镇江有着不解之缘，"水漫金山""端午惊变"都发生在这里。如今，镇江地区形成了很多与此有关的习俗。如果说杭州西湖与白娘子的缘分在清明节，那么，镇江和白娘子的情缘就在端午年。每逢端午佳节，镇江民众有游览金山，参拜白龙洞、法海洞的习俗。

青年情侣结伴出游，都会到这里拜一拜白娘娘，表达永结同心的愿望。镇江各个剧场也会在此时演出有关《白蛇传》的曲艺节目。在老百姓家里，家家户户喝雄黄酒，长辈会给孩子们讲"水漫金山"的故事。中药店门口还会发放用菖蒲、艾草等中草药熬制的汤药。

四、其他《白蛇传》景观

除了杭州与镇江这两个地方以外，《白蛇传》传说广泛地流传在华夏大地上，各地民众创造出了各种关于白娘子与许仙的爱情故事，也建造了许多与这个传说相关的人文景观。

在山西运城临猗县北边有一对双塔。这两座塔是用砖搭建的，东西排列，相距50余米。当地人传说，许仙与白娘子的故事最初发生在临猗。法海多管闲事，嫉妒许仙与白娘子的爱情，便以塔代钵，把他们分别关在了塔里。两座塔虽不是高耸入云，但也气势非凡。传说西塔里藏着白娘子，称"白蛇塔"；东塔内镇着许仙，称"许仙塔"。许仙塔的第三层有一尊铁铸的许仙头像，面向西塔，日夜相望。另外，据说临猗县城北门外原本有一座青蛇塔，不过现在已经没有了。

这两座塔还有一个奇特的现象——"双塔交影"。每年农历正月十五、九月十五日黄昏，三月十六日、七月十六日早晨，在光的照射下，东西而立的双塔的影子从不同方向向中间缓缓移动，交融在一起。于是，人们根据这一现象编出了一个新的传说：许仙与白娘子的真挚爱情感动了玉帝，玉帝便命太白金星去通知两人，让他们每年七夕相会一次。从此，每年七夕黄昏，双塔之影在月光下缓缓交融，相依相偎，好似白娘子与许仙这对夫妻恩爱团圆。

目前，在河南鹤壁有一座黑山，黑山上有一座寺庙名为金山嘉佑禅寺，是一座佛教文化浓重的千年古刹。当地人认为，流传千年的《白蛇传》最早就诞生在这里。

在当地的传说中，黑山一带有《白蛇闹许仙》的故事。相传在很久以前，黑山西南的淇河岸边，有一座百丈悬崖，悬崖上有一个白蛇洞，洞里住着一个白蛇仙女。在黑山主峰西侧不远，

有一个许家沟村，许家沟村里住着一户姓许的人家，许家先人曾从一只黑鹰口中救了白蛇仙女的性命。白蛇仙女为了报恩，便嫁给了许家后人——小牧童许仙。结婚以后，白蛇仙女经常用草药为村民治病，村民们不再生病，上金山嘉佑禅寺求香拜佛的也就少了。这就惹怒了黑鹰转世的金山嘉佑禅寺长老法海，他将许仙骗到寺里，试图破坏许仙与白蛇仙女之间的恩爱之情，于是发生了后来白蛇仙女引淇河水水漫金山寺以及"法海镇妖"的故事。

同样一个《白蛇传》传说，杭州、镇江、临猗、鹤壁都有，我们应该怎么看待这个现象？

传说故事就像蒲公英一

样，风吹到哪里，种子就落到哪里。哪里适合故事的发展，故事就在哪里生根发芽，我们不需要去寻找哪里才是白蛇故事的源头，因为是广阔深厚的神州大地孕育了这个充满诗意的故事。

图书在版编目（ＣＩＰ）数据

白蛇传 / 祝鹏程著 ；杨利慧本辑主编. -- 哈尔滨 ：
黑龙江少年儿童出版社，2020.9（2021.8 重印）
（记住乡愁 ：留给孩子们的中国民俗文化 / 刘魁立
主编. 第六辑，口头传统辑. 二）
ISBN 978-7-5319-6510-7

Ⅰ. ①白… Ⅱ. ①祝… ②杨… Ⅲ. ①民间故事－中
国－古代 Ⅳ. ①I276.3

中国版本图书馆CIP数据核字(2020)第172712号

记住乡愁——留给孩子们的中国民俗文化　　　　刘魁立◎主编

第六辑 口头传统辑（二）　　　　杨利慧◎本辑主编

白蛇传 BAISHEZHUAN　　　　祝鹏程◎著

出版人：商 亮
项目策划：张立新 刘伟波
项目统筹：华 汉
责任编辑：刘金雨 张 喆
整体设计：文思天纵
责任印制：李 妍 王 刚
出版发行：黑龙江少年儿童出版社
　　　　　（黑龙江省哈尔滨市南岗区宣庆小区8号楼 150090）
网　　址：www.lsbook.com.cn
经　　销：全国新华书店
印　　装：北京一鑫印务有限责任公司
开　　本：787 mm×1092 mm 1/16
印　　张：5
字　　数：50千
书　　号：ISBN 978-7-5319-6510-7
版　　次：2020年9月第1版
印　　次：2021年8月第2次印刷
定　　价：35.00元